La Reine du monde

Pour Nicolas et Nathan

MIXTE
Papier issu de sources responsables
FSC® C022030

Loi n° 49-956 du 16 juillet 1949 sur les publications destinées à la jeunesse,
modifiée par la loi n° 2011-525 du 17 mai 2011.
ISBN : 978-2-09-253655-1
N° d'éditeur : 10221143 - Dépôt légal : février 2012
Imprimé en janvier 2016 par Pollina, 85400, Luçon, France - L74642C

HUBERT BEN KEMOUN

Samuel

La Reine du monde

Illustrations de Thomas Ehretsmann

Nathan

un

Frimeuse ? Menteuse ?

JE NE DIS PAS que je ne m'intéressais pas aux filles, mais les mercredis et samedis après-midi d'aventures avec mon ami Lionel m'occupaient bien plus l'esprit que les sourires des copines de l'école.

Et puis, il y a eu l'anniversaire de Léo. Lionel et moi avions été invités à la fête avec quelques élèves de la classe et Rebecca, une voisine de Léo…

Impossible de ne pas remarquer cette fille ! Rebecca brillait comme une lumière, qui a très vite attiré un bon nombre des papillons invités par notre copain. Moi aussi, j'avoue que je l'ai trouvée craquante, mais très vite je l'ai trouvée aussi insupportable que jolie…

Une fois englouti le gâteau d'anniversaire et admirés les cadeaux de Léo, Rebecca est devenue la vedette de la fête. Il n'y en avait que pour elle. Maintenant, je dois admettre que cette frimeuse avait des choses incroyables à raconter.

– Oui, je connais le Japon et la Chine ! Tokyo, franchement, c'est une ville très fatigante, et la Grande Muraille de Chine… Bon, quand tu en as vu un bout, t'as tout vu ! Par contre, le Grand Canyon du Colorado, c'est géant ! Encore plus qu'on le dit !

À l'écouter parler de tous ces endroits du monde où elle avait voyagé, nous ouvrions des yeux plus grands que nos assiettes à dessert. Nous qui ne connaissions pas grand-chose d'autre que les rives de notre Saponne…

– J'ai visité Barcelone avec mes parents, l'an dernier ! a dit Paul pour faire l'intéressant.

– Je connais ! a soupiré Rebecca d'un ton un peu las.

– Et moi, Londres ! T'as déjà vu Big Ben[1] ? a lancé Lionel, histoire de tenter sa chance.

– Bien entendu ! a-t-elle répondu sèchement en haussant les épaules.

Et le Colisée à Rome, et les pyramides d'Égypte, et le grand pont de San Francisco…

Elle m'énervait. Elle était aussi ravissante que sûre d'elle-même et elle m'énervait. Elle avait tout vu, elle connaissait tout !

– T'es qu'une menteuse ! Même mon oncle Julius qui est explorateur et voyage partout dans le monde[2] ne connaît pas autant de pays !

Rebecca m'a lancé un regard assassin.

1. Surnom d'un célèbre carillon de Londres sur les bords de la Tamise.

2. Voir dans la série Samuel.

C'était évident, cette fille détestait qu'on la contredise. Un grand silence gêné s'est installé dans la pièce.

– Je ne mens pas ! Je peux te décrire la Vᵉ Avenue à New York ou la statue de la Petite Sirène dans le port de Copenhague.

– Parce que tu as vu tout cela en photo sur Internet ou dans des bouquins, ai-je répliqué du tac au tac. Tu n'y es jamais allée, tu mens !

Ses mains se sont crispées, sa mâchoire a fait une étrange grimace. Elle se retenait pour ne pas crier.

– Je t'interdis de prétendre que je raconte n'importe quoi ! s'est-elle contentée de dire.

– C'est ça, oui, et ta grand-mère fait du roller sur la lune, aussi !

Les autres ont ri et j'ai cru que Rebecca allait me gifler quand elle s'est levée. Mais, avec un petit sourire de défi, elle a déclaré :

– Eh bien, Samuel, je t'invite, là, tout de suite, chez moi ! Et tu verras !

– N'importe quoi !

– Tu te dégonfles ? a-t-elle ricané en me toisant.

Je me suis levé. J'étais certain qu'elle disait cela pour ne pas perdre la face devant les autres.

Je ne pouvais pas savoir qu'elle disait la vérité.

deux

Collectionneur

REBECCA HABITAIT une grande bâtisse à deux pâtés de maisons de celle de Léo.

– Fais gaffe, cette fille, je ne la sens pas bien ! Ma mère a absolument tenu à ce que je l'invite, mais elle est… spéciale ! m'avait-il dit alors que je quittais sa fête.

Peut-être pour me snober, ou pour se faire admirer, Rebecca marchait devant moi. D'un pas décidé, sans m'attendre.

Elle ne s'est retournée qu'une fois arrivée à la grille de chez elle. D'autorité, après un « suis-moi » qui avait tout d'un ordre, elle a ouvert une grande maison de jardin plongée dans la pénombre.

Nous sommes entrés dans une vaste pièce qui avait tout d'un atelier. Sur de longues tables de travail était disposé un tas de maquettes étranges, au milieu d'outils et de plaques de plastique. Un mur de la salle était entièrement couvert de ce que j'ai pris d'abord pour de petits bocaux en verre.

– Alors tu crois que j'ai raconté toutes ces histoires de voyage pour faire mon intéressante ?

– À notre âge, personne n'a vu autant de choses dans le monde.

– Tu te trompes, Samuel ! Mon père est un grand chionosphérophile !

– Chio… quoi ? C'est une maladie ? ai-je demandé bêtement.

– Pas du tout ! a souri Rebecca. Tu vas voir ! Mon père a installé son laboratoire ici. Surtout, ne touche à rien !

– Et c'est quoi son travail, à ton père ?

– Un chionosphérophile, c'est un collectionneur de boules à neige ! Mon père, lui, en plus les fabrique ! a-t-elle fait, toujours aussi fière.

– Fabriquer des boules de neige ? Je fais ça tous les hivers avec Lionel ! ai-je ricané.

– Pas des boules de neige, imbécile ! Des boules à neige !

Rebecca a attrapé un demi-globe en verre sur une étagère. Il représentait en miniature les gratte-ciel de New York dominant le port, où un bateau était posé à mi-chemin entre les quais et la statue de la Liberté. Elle a secoué l'objet délicatement, et une sorte de neige pailletée est tombée sur la maquette enfermée dans la boule.

– Je vois, ce sont les trucs qu'on vend dans les magasins de souvenirs !

– Si tu veux… Seulement, ceux de mon père sont uniques. Il y a presque le monde entier ici.

– Et sous prétexte qu'il y a chez toi une super collection de sites touristiques en miniature, tu prétends les avoir visités ?

J'ai éclaté de rire. Rebecca avait voulu m'impressionner. C'était raté !

– C'est n'importe quoi… Si ton père faisait une collection de cartes postales ou d'atlas, ça ne voudrait pas dire que…

– Ces pièces sont uniques ! Je te défends de te moquer !

Elle s'est mise à taper du pied par terre. Elle ressemblait de plus en plus à une gamine capricieuse et contrariée. Cela rendait mon triomphe plus grand encore.

Je ne pouvais plus m'arrêter de rire.

– Bon allez, je te laisse à New York, je vais retrouver mes potes !

– Pas question ! Je veux que tu me croies quand je dis que ces boules à neige ont un pouvoir, un immense pouvoir !

Elle hurlait de rage.

Alors que je passais la porte de l'atelier, j'ai senti une espèce de pluie tomber sur moi. Surpris, je me suis retourné. Rebecca, qui avait plongé sa main dans un seau contenant les paillettes de fausse neige qu'utilisait son père, continuait à m'envoyer ces projectiles ridicules en grande quantité. J'ai haussé les épaules.

– Et tu comptes me transformer en bonhomme de neige avec ça ? T'es vraiment givrée ! Salut, la grande voyageuse ! Je vais chez…

– Moi, je sais où tu vas ! m'a-t-elle coupé brusquement.

Et brusquement, je me suis senti drôle.

Drôle, c'est une façon de dire…

trois

À l'aide !

JE N'AI PAS COMPRIS tout de suite…

Personne n'aurait compris tout de suite !

Je me trouvais au bord de ce que j'ai d'abord pris pour une rivière. Mais ce n'était pas ma Saponne, l'eau de celle-ci était d'un bleu tellement plus éclatant ! Ce n'était pas non plus ma ville. Les façades des immeubles qui m'entouraient ne ressemblaient pas à celles que je connaissais chez moi !

Sur ma droite, un pont sculpté en pierre blanche, portant de nombreuses arcades, enjambait cette rivière. Il dessinait un bel accent circonflexe au-dessus de ce cours d'eau. Je l'avais déjà vu quelque part, ce pont… Mais où ?

Complètement perdu, je me suis mis à courir sur le quai désert. Peut-être quelqu'un pourrait-il m'aider sur l'autre rive ? Avant de parvenir au pont, j'ai vu la barque. À l'arrière, debout, se dressait un homme muni d'une grande perche pour la diriger.

– M'sieur, s'il vous plaît ! On est où ici ?! M'sieur !

L'homme n'a pas bougé d'un pouce, il ne s'est même pas retourné.

– M'sieur ! Je suis perdu !

J'ai eu beau m'égosiller, il restait sourd à mes appels !

Et puis, je me suis aperçu que son bateau non plus ne bougeait pas ! Ce n'était pas un pêcheur ou un marin, mais un mannequin. L'eau qui entourait sa barque n'était troublée par aucun courant. Ce n'était pas de l'eau, mais du plastique et de la peinture. J'étais dans un décor.

Un décor ?! L'atelier du père de Rebecca était rempli de maquettes… Était-il possible que je sois piégé dans…

Il a fait brusquement sombre et tout a basculé sur le côté. Une sorte de tremblement de terre silencieux qui m'a projeté en l'air. Paniqué, j'ai volé au milieu de milliers d'étoiles nacrées. La fine barque et son marin, le pont, la ville, tout s'est retrouvé à l'envers, et moi, tel un astronaute, j'ai commencé à tomber, tomber, tomber au fond d'un ciel qui était… sous mes pieds.

Ce plongeon m'a paru durer une éternité, et juste avant que je ne m'écrase au fond de « ce vide », le décor s'est retourné, pour reprendre sa position de départ. La lumière a de nouveau éclairé le quai et les immeubles, et… il s'est mis à neiger ! Ce que j'avais pris pour des étoiles n'étaient que des flocons de pacotille. Ils voletaient partout en retombant, et je glissais dans l'air avec eux, à peine plus lourd, à peine plus vite. Ma chute a été longue, mais j'ai fini par atterrir sur le quai de, voilà, ça me revenait… sur le quai de Venise !

Ce pont, je l'avais vu sur une carte postale que maman avait reçue d'une collègue de travail. Elle l'avait accrochée dans la cuisine à côté de la liste des courses et d'autres cartes. Venise et ses gondoles. Venise et ses canaux. Venise et ce joli pont qui enjambait l'un d'eux.

J'étais prisonnier d'une boule à neige au décor de carte postale ! J'ai tressailli en entendant un rire résonner dans toute la ville…

quatre

Folle !

LES YEUX DE REBECCA étaient immenses. Son visage gigantesque me fixait à travers la paroi de verre de ma prison. Ce regard que j'avais trouvé si séduisant m'a paru monstrueux tout à coup. Mais le pire, c'est que si cette fille semblait une géante à présent, c'est parce que je devais mesurer moins que la longueur d'un de ses cils…

Sa bouche s'est entrouverte alors que j'avais commencé à courir dans les rues désertes de la cité. Derrière les ruelles se cachaient d'autres ruelles aussi vides et d'autres canaux décorés de gondoles où se dressaient toujours des mannequins. Au-dessus de moi, de l'autre côté de la paroi en verre, tel un nuage sombre, Rebecca s'amusait de ma panique.

– Alors, Samuel, ça te plaît, l'Italie ? a-t-elle continué à ricaner.

– Fais-moi sortir de là ! ai-je hurlé à tue-tête.

Je ne savais pas si elle faisait semblant de ne pas m'entendre ou si ma voix ridicule ne lui parvenait pas. Pour toute réponse, Rebecca a repris « Venise » dans sa main et, une nouvelle fois, l'a renversée pour refaire voler une nuée de flocons… et moi.

Je me sentais si mal, j'avais envie de vomir, et comme j'ai pu, avec les bras, je lui ai lancé des signes désespérés.

– Ah oui, tu veux changer d'endroit, c'est

ça ? a-t-elle fait. Je comprends ! Qu'est-ce que tu préfères : grimper au sommet du mont-Blanc ou traverser le désert du Sahara ? À moins que les chutes du Niagara…

– Je veux rentrer chez moi, c'est tout ce que je veux !

J'avais la nausée, je sentais les larmes remplir mes yeux, mais je m'efforçais de les retenir. Je n'étais qu'un jouet dans sa main. Une souris minuscule entre les pattes d'un fauve.

Rebecca savait comment me sortir de ce piège ! Si ce qu'elle avait prétendu chez Léo au sujet de ses nombreux voyages était vrai, si elle savait entrer, elle savait aussi ressortir des boules à neige que fabriquait son père. Mais où pouvait se cacher la clef de ce prodige ? En imaginant être capable de casser cette bulle de verre – et je ne voyais vraiment pas comment –, est-ce que je n'allais pas m'en extraire aussi ridiculement petit qu'une fourmi ?

Mon sanglot est arrivé malgré moi. J'étais assis au milieu du pont en accent circonflexe et j'ai enfoui mon visage dans mes mains.

– On t'emmène à Venise et tu n'en profites même pas ! Tu es vraiment nul, Samuel !

– Je suis désolé ! Je ne voulais pas me moquer ! Je te crois maintenant, je te crois !

ai-je crié en tournant vers elle mon regard baigné de larmes.

– J'ai toujours raison ! Promets que tu diras aux autres que j'avais raison… et puis, promets aussi que tu voyageras partout dans le monde avec moi… et aussi que tu deviendras mon petit copain… Pour toujours ! Jure !

Pour qu'elle me libère, j'aurais promis n'importe quoi.

Mais à cet instant, malgré moi, j'ai eu un haut-le-cœur et ma part de gâteau au chocolat est ressortie…

Rebecca n'a pas apprécié.

– C'est comme ça que tu réponds à mon offre ? On ne se moque pas, personne n'a le droit de se moquer de moi ! Tu ne sortiras jamais d'ici, Samuel ! Jamais ! Je suis la reine du monde ! a-t-elle déclaré en retournant une nouvelle fois la boule à neige pour se venger.

Elle m'entendait, mais à quoi cela pouvait-il me servir ? Cette fille n'était pas seulement capricieuse ou méchante, elle était complètement folle…

cinq

Mourir à Venise ?

VOILÀ, C'ÉTAIT FINI, j'allais mourir là, assis dans une barque, sous le regard vide d'un mannequin inutile. Mourir de soif, de faim, de chagrin ou d'épuisement, je ne savais pas dans quel ordre, mais quelle importance…

– Tu n'es la reine de rien du tout ! ai-je fait pour moi-même.

– Si, je suis la reine du monde ! Je peux aller partout ! Grâce à mon papa !

– Ton père fabrique peut-être des jeux extraordinaires, mais tu es complètement frappadingue ! Tu n'auras jamais d'amis ! Tu resteras seule dans des endroits aussi vides que ce décor minable. Ni d'amis ni d'amoureux ! Tu es encore plus seule que moi !

Tout cela, je l'ai dit parce que je le pensais vraiment.

Rebecca trépignait. Enragée, elle était ridicule, et brusquement, en disant « On n'insulte pas de la sorte la reine du monde », elle m'a tourné le dos et je l'ai vue se diriger vers la porte de l'atelier, l'ouvrir, éteindre la lumière et disparaître.

C'en était terminé de ma vie !

J'ai pleuré en silence et dans le noir, en

songeant à maman qui allait sans doute mourir de chagrin ; à Lionel et aux autres qui devaient bien s'amuser chez Léo ; à mon oncle Julius qui, quand il voyageait, prenait des trains ou des avions, et ne saupoudrait pas bêtement sa tête avec de la poudre de perlimpinpin…

De la poudre de perlimpinpin ?!

La poignée de neige avait été le moyen pour entrer, et si c'était tout simplement celui pour sortir ? Après tout, on utilise la même clef pour ouvrir et pour fermer une porte…

C'était ma seule chance !

Accroupi par terre et toujours dans le noir, avec les mains et les pieds, j'ai ramassé tout ce que je pouvais de flocons sur les quais et dans les rues de Venise. Je suis allé en chercher sur les appuis des fenêtres, entre chaque pavé des ruelles, partout. Je me cognais aux murs, parfois je risquais de tomber au fond d'un canal, mais j'ai réussi à rassembler un

gros tas de cette poudre argentée à l'entrée du pont. Et quand je me suis senti prêt, j'y ai plongé la main et, comme j'avais vu faire Rebecca, je me suis saupoudré la tête en espérant de toutes mes forces que ça marche…

Un frisson m'a parcouru de la tête aux pieds, j'ai senti mon cœur s'emballer, j'ai cru m'évanouir, je ne sais pas bien.

Je sais que quand je me suis retrouvé libre et vivant dans cet atelier de malheur, j'ai éclaté en sanglots. Mais il y avait tout le bonheur du monde dans chacune de mes larmes.

– Tu as découvert comment sortir. C'est bien ! Tu t'en vas déjà, Samuel ? On pourrait jouer encore ! J'aime bien jouer avec toi, personne ne veut jouer avec moi d'habitude…

« La reine du monde » était là, dans son jardin, assise sur une balançoire, elle dégustait une glace en cornet.

« Jouer encore » ? Je l'ai regardée. J'aurais pu la gifler ou lui écraser sa glace sur la figure, ou les deux… Je me suis contenté de m'enfuir.

La fête chez Léo était finie. Inquiet de ne pas me voir revenir, Lionel m'avait attendu dans la rue.

– Dis donc, vu le temps que t'as passé avec Rebecca, ça doit être le début d'une grande histoire ! s'est-il exclamé sur un ton de reproche.

– Pas vraiment !

– Ah oui ? Et vous avez fait quoi pendant deux heures ?

Deux heures ?! J'étais resté enfermé deux heures…

– Je suis allé à Venise ! ai-je répondu.

– Arrête tes blagues !

– Je t'assure, Lionel ! Je te raconterai…

– Ah, d'accord… Je pige… Venise, c'est la ville des amoureux ! a ricané mon ami.

– Non, pas là !

– Et c'était bien ?

– Il neigeait ! J'ai détesté !

Table des matières

Hubert Ben Kemoun

Dans le bureau d'Hubert Ben Kemoun, il y a une boule à neige. Elle représente la ville de Nantes où il habite. Mais Hubert a beau regarder avec beaucoup d'attention à travers la demi-sphère de verre, aucun Samuel, aucun autre personnage ne semble y être piégé.

Hubert aime bien, quand il écrit, s'amuser à retourner cette boule, c'est bien le seul moyen de faire neiger chez lui au bord de la Loire, non loin de l'Atlantique. Et puis, il la repose et se remet au travail pour continuer à écrire des histoires qui se passent aussi bien sous la pluie que sous un soleil éclatant, dans des villes ou dans des déserts. On est un peu le roi du monde quand on écrit.

Thomas Ehretsmann

Pendant qu'il dessinait et peignait les images de ce livre, Thomas Ehretsmann pouvait observer à travers la fenêtre de son bureau à Strasbourg la cathédrale sous des nuées de flocons de neige.

Cette image l'a beaucoup aidé à trouver l'inspiration mais lui a aussi quelques fois fait un peu peur. N'était-il pas, comme Samuel, prisonnier de la reine du monde ?

DÉCOUVRE UN AUTRE TITRE DE LA COLLECTION

premiers romans

Un concert maléfique

Une série écrite par Hubert Ben Kemoun
Illustrée par Thomas Ehretsmann

« Dans ma chambre, (…) Camélia détaillait chacun de mes livres sur mes étagères (…).
– Tu joues de la flûte ? a-t-elle dit en brandissant le cadeau que m'avait fait Léa quelques jours auparavant.
– Sûrement pas ! C'est un truc qu'on m'a…
– Dommage ! m'a-t-elle coupé l'air déçue. Moi j'ai commencé le piano, il y a deux ans. Il paraît que j'ai un don pour la musique.

Quel idiot ! Il fallait que je me rattrape.
– Le bois est un peu abîmé sur la longueur, mais si cette flûte te plaît, je t'en fais cadeau ! ai-je immédiatement déclaré. »

Cette banale et vieille flûte que Samuel offre à Camélia pourrait bien être enchantée…